꽃에도 무게가 있다

시산맥 감성기획시선 014

꽃에도 무게가 있다
시산맥 감성기획시선 014

초판 1쇄 발행 | 2018년 11월 20일

지 은 이 | 김금희
펴 낸 이 | 문정영
펴 낸 곳 | 시산맥사
편집주간 | 이성렬
편집위원 | 강경희 안차애 오현정 정재분
등록번호 | 제300-2013-12호
등록일자 | 2009년 4월 15일
주   소 | 03131 서울특별시 종로구 율곡로 6길 36.
            월드오피스텔 1102호
전   화 | 02-764-8722, 010-8894-8722
전자우편 | poemmtss@hanmail.net
시산맥카페 | http://cafe.daum.net/poemmtss

ISBN 979-11-6243-038-5 03810

값 9,000원

꽃에도 무게가 있다

김금희 시집

* 본문 페이지에서 한 연이 첫 번째 행에서 시작될 때에는 〈 표기를 합니다.

지는 해를 바라보는 시간이 많아진다.

주어진 시간이 얼마 없을 거란 생각이 든다.

하루하루가 기적이라는 생각을 한다.

그리고 두 번째 시집을 준비한다.

다소 무모하다는 생각이 든다.

미안하고 부끄럽다.

그러나 나를 비롯한 아픈 꽃들과 마음과 영혼에

상처를 안고 있는 꽃들을 생각했다.

2018년 늦가을, 김금희

3부

1부

절벽, 구절초가 다짐하다

절벽을 타는 바람 한 점 까딱,
안타까이 매달린 구절초 한 포기
환한 웃음 놓지 않고 휘어진
몸뚱이 힘겹게 일으킨다
바람 스러진 날부터 뿌리 끝 파고드는
여름 부스러기에 이리 뻗고 저리 뻗어 보아도
파고드는 통증을 재울 수 없었다
뿌리가 밀어 올린 가는 대궁 어디쯤
누군가 알을 슬었는지 물관이 욱신거려
바람이 스칠 때마다 식은땀이 났다
밤은 알 수 없는 통증으로 고통스럽고
온몸이 비에 젖듯 젖은 몸은
날씨와 상관없이 오한에 시달렸다
아침이면 아무 일 없을 거라고
태풍이 지나간 아침 햇살처럼
아무 일 없을 거라고
진통제 같은 새벽별 가슴에 물고
구절초는 중얼거린다
가만가만 시린 발끝 돌 틈에 기대본다
까무룩 잠이 든다 별도 구절초도

오래오래 꽃처럼

그녀의 이별은 파랑 안개꽃이었어
그녀의 마음은 하양 안개꽃이었어
그녀의 기도는 분홍 안개꽃이었어

반 뼘 유리병에 색색 마른 꽃 넣어
오래오래 사랑을 두고 가고 싶어
유리병에 두고 가는 맑은 꽃
무심한 듯 마른 미소 지어보지만
마음은 눈물로 벼락을 치고 있다

태평양 건너면 쉽사리 오지 못할 길
아프지 마세요 돌아올 때까지 아프지 마세요
새길 찾아 떠나는 그녀
떨어지지 않는 발길 오래도록 허공을 더듬다
안개꽃 쓸어 모아 끝내 얼굴 파묻는다

사랑은 늘 아프고
그리움은 늘 위험하고
작별은 늘 아름답기만 하다

꽃이 좋은 사람아
꽃을 닮은 사람아
어둠 문 닫아 버리고
살아계신 하나님 불러
오래오래 꽃처럼 사랑하며 살고 싶구나

벚꽃 필 때와 벚꽃 질 때

그 사이에 무슨 일이 있었나요

벚꽃 피고 지는 그사이가 얼마나 되나요
그사이에 무슨 일이 있겠어요[*]
기껏해야 봄바람 타고 온 꽃 만발할 거라는
즐거운 기대에 가득 찼겠지요

벚꽃 피고 지는 사이 아무 일 없기를 바랐어요
심술궂은 봄비와 꽃샘추위가 가만두질 않았어요
꽃망울 터트리는 날 나는
열꽃을 터트리며 입원하게 되었어요
스무날 남짓 병상에 있다 퇴원했지요

퇴원하는 날 동네 어귀에 들어서자
내내 간병하던 아들이

벚꽃 필 때 갔다가
벚꽃 질 때 왔네요

〈

　세상에 이렇게 슬프도록 아름다운 입원 기간을 알고
있나요
　이 봄 내 몸은 잘 건널 수 있을까
　묵직했던 봄이 다 환해지고 말았어요
　벚꽃 피고 지는 그사이는 짧았어요
　벚꽃 피고 지는 그사이를 결코 짧다고 말할 수 없어요
　한 생이 출렁이며 그사이를 또 한 번 건너고 돌아왔으
니까요
　그 일이 꽃에 좋은지 내게 좋은지 모르겠지만요
　그사이에 아들 꽃이 엄마 꽃을 기다린 것은
　두 꽃에는 참 다행한 일이겠지요

*문태준, 그사이에, 『내가 사모하는 일에 무슨 끝이 있나요』(문학
동네, 2018, 21쪽)

꽃에도 무게가 있다

창문 밖을 지키는 소나무
봄에 대해 말이 없다

두 귀 모아 엿들어도 솔새 몇 마리
소나무 가지를 옮기며 먹이만 찾을 뿐

봄은 티비 화면에서
꽃은 SNS 게시물에서 피고 있다

현관문은 아파야 열린다
병원 가는 길만이 내 안의 출구일 뿐

진료차 3월 마지막 문을 열었다
동네 공원 앞을 지나간다

벚꽃이 훅 들어온다
목련이 확 다가온다

이건데 아픈 무게만큼 더딘 환영

여의도 윤중로 벚꽃에 이르러 절정이다

젊은 날 어린 아들딸 손 잡고
당신과 아무 걱정 없이 환했던 영상

이 가슴 뛰며 지나간다
이슬에 젖어 흩날린다

자동차는 꽃 위를 천천히 달리고 있다
달리는 거리만큼 꽃은 내 몸에 쌓이고

이불처럼 덮인 병상의 꽃이 무거워
나는 그만 꽃 무덤에 잠기고 만다

꿈결처럼 오필리아를 찾다
잠잠히 황홀경에 빠져들어 버린다

백지의 고백

암세포가 내 몸에 들어와 기생한 후
마음으로부터 부는 바람이 달라졌다

아프기 전 나는 내일이란 말을
분명히 사용했고 계획이란 단어도
열쇠나 자물쇠처럼 내 옆구리 가까이 있었다
허나 꽃잎에 벌레 득실거린 이후
나는 내일이란 말도 계획이란 단어도
흐르는 냇물에 아니 폭풍우에 잃어버렸다
누가 내일과 계획에 대해 말하려 하면
소스라치게 놀라 바들거리며
내 눈동자의 초점은
허공에서 어쩔 줄 몰랐다

텅 빈 가슴과 공허한 일상은
시간 죽이기에 골몰했다
생각한다는 것은 시간에 대한 두려움만 키웠다
마음의 안정을 얻기 위한 절실함조차
두리번거림으로 시작했다

어떤 말을 해도 모두 공명이 되고
주장이란 말은 내 혀끝에서 물러난 지 오래
웃음도 마음 놓고 웃을 수 없었다
내 앞에 있는 사람들은 모두 나를 단죄하는 것 같고
나는 단두대에 서 있는 원인 모를 죄인이 되어 있었다
머릿속은 점점 하얗게 되어가고
가슴은 새가슴 되어 사소한 일에도
벌벌 떨고 있는 것이 일상이었다

나는 왜 살고 있는가
이 연명치료를 왜 받고 있는가
언제든지 내 죽음을 스스로 선택할 수 있는데
왜 살고 있는가
서푼짜리 어쭙잖은 괴변에 함몰되어 갈 즈음
모든 혈액 수치가 비정상인 상태
어떤 위기감이 안개처럼 몰려왔다
나는 나의 하느님 카르테에 체크 되었다

희미하게 들려오는 발레리의 시구

얼마 살지 못할 거란 의사의 판단은 몰랐다
처음으로 살려달란 기도를 했었다
내 안의 백지가 펄럭였다
지독한 죽음의 검은 냄새를 맡고
살아야 할 이유를 내뱉으며
내일이란 말도 계획이란 단어도
기꺼이 꺼내 볼 수 있었다

독한 열병 후에 얻은 상전벽해
신이 내게 허락하신 웃음 구름 위에
나는 나의 백지가 백지여서
쓸쓸하고 고독했던,
우울의 그림자 던져버리고
단 하루를 살더라도
백지이기 때문에 어떤 지도라도 그릴 수 있다[*]
자신 있게 말해 주려 한다

* 히가시노 게이고 지음 『나미야 잡화점의 기적』 양윤옥 옮김, (현대
문학), 447쪽

신간^{新刊}

읽고 싶은 신간
말기 암 걸린 내 눈에 낯설게 들어오는데
다른 때 같았으면 반가워
한걸음에 달려갔을 텐데
머물러 있을 시간이 짧을 거란 생각에
가만가만 반가움 접는데
있는 책들 다 어쩔거냐 외려 옆구리 치고 드는데
모르는 척 오늘도 자판 두드려
책 만들고 있는데
누가 눈여겨보기나 할 건지 걱정 않는데
자꾸 신간에 눈길 가는 날
여기 더 머물 수 있게 되기를
뜨겁게 두 손 모으게 되는 날

그리움을 해소하다

그녀는 집이 그리우면 서점으로 간단다
한나절이든 하루 종일이든
그리움의 책갈피를 넘기고 있단다
책이 많은 집에서 자란 탓이란다
책이 많은 곳에 가 있으면
집처럼 느껴진단다
마음이 고요해지고
몸과 마음이 편안해진단다

다행이다
고맙다
먼먼 타국에서 기댈 그리움이 있다니
심신의 편안함을 가질 수 있다니

화상통화 너머 아르바이트를 마치고
물에 젖은 솜이 되어 밤늦게 돌아온
그녀의 지친 얼굴이 비수처럼 파고든다

꽃길 두고 건너간 길 어쩔 수 없겠지

아지랑이 아롱이는 봄날 서가에 앉아
그녀의 그리움을 갈피갈피 끼워 넣는다
갈피갈피 그녀의 체온을 더듬고 있다

병동의 아침*

이른 아침이면 입원환자들은
엑스레이를 찍으러 1층 영상센터로 내려간다
나는 11층 병동에 입원해 있다
11층에서 지상으로 내려가는 일이란
빗방울 하나 하늘 끝에서 떨어지는 일보다 더디고 어
렵다
엑스레이를 찍고 사람들 없는 어둑한 로비를 지났다
간병하는 아들이 아침을 맞이해 보라며
현관 쪽으로 휠체어를 돌렸다

현관 밖은 아직 어둠이 남은 미명이었다
어제 내린 비에
젖은 햇살이 수정처럼 퍼지고 있었다
손을 뻗어 살며시 만져보고 싶었다
청량한 기운이 한기에 가까웠다
뻗은 손에 여명을 묻히고 아쉬운 발길을 돌렸다

그래, 언제고 내 몸은 일어나 찬란한 아침을
서슴없이 맞이할 것이다

봄비 맞고 자라는 나무처럼 두 다리에 힘주고
봄바람에 자라는 들꽃처럼 꽃대 올려
어린애처럼 봄 들판을 철없이 뒹굴 것이다
봄 하늘을 나는 새처럼 장난기 넘치는 날갯짓도
흉내 내 볼 것이다

병실 밖 강변 연두 잎
날마다 용맹정진하고
나도 연두 따라 푸른 나무 키우는
눈부신 시인이 되어가고 있다

*여의도 성모병원 영상센터 앞에 쓰여 있는 글귀.

유리 펜

유리 펜에 달이 뜬다
펜은 어쩌자고 밤을 기다려
어둠을 잉크처럼 묻혀 문신처럼 새겨 쓰다가
깊은 침묵에 들었는가
사는 일 대부분이 어둠이란 것을 펜 끝은 힘주어 쓰
고 있다
유리는 어둠에서 수천 도의 온도를 견디다
붉은 점 하나 토해내고 있다
그것은 시조새가 알을 낳는 것보다
태양이 하루를 낳는 것보다 뜨거운 일이다
눈보라 휘몰아치는 설국의 숨죽인 밤이
내 영혼을 뒤흔들어 오래 묵은 과제 하나 풀어 놓는다
사는 일은 늘 아프다
아프지 않은 생이 얼마나 되랴
육신의 고통이 온몸 차고 넘쳤다
그녀*에게서 나에게로 전이된 육체적 고통이
정신과 영혼을 무력화시켜 변이된 별이 되었다
돌연변이는 생명의 씨앗을 품을 때부터 있어 온 별
우리는 이 별을 눈물이라 못 한다

상처라고도 못 한다

펜의 용암은 기호를 묶어 오독할 수 없게 한다

유리의 원초적 언어와 용암으로 변이된 언어와 별의

언어와 밤의 언어 사이 매파처럼 부엉이가 울고 있다

허공이 허공에 손 내밀어 밤의 상징을 키우고 있다

*미우라 아야꼬(1922~1999) : 일본의 여성 소설가, 에세이스트 《빙
점》, 《총구》, 《삶에 답이 있을까》, 《빛이 있는 동안에》 외 다수의 작
품이 있음.

아픈 봄에

아지랑이 떼 지어 몰려온다
땅속 아우성이 어지럽다
저게 뭐냐 뭐냐
연두 잎이 토끼 눈으로 옹알이한다
창문 열고 가늘게 심호흡한다

서랍을 열었다
몬아미 샤프 텀보우 몽블랑 HB
형형색색 봉투가 한 움큼이다
그들은 먼 이국을 달려왔거나
갱 속 어둠 레일을 타고 왔거나
낯선 언어로 굿텐탁이라거나
굿모닝이라거나
달그락달그락 바람을 부르거나
햇살을 붙잡아 두거나

병든 밭 주인 핏기 잃은 손
흐릿한 눈으로 소월 풍 노래를 부른다

〈

나의 시가
벌레와 새와 사람들과
나눌만할까

밭고랑 가지런히 심어 본다
한 움큼씩 휙휙 흩뿌려 본다

속초 바다

음이온이 넘쳐난다
이 어처구니없는 유사과학이
건강에 눈먼 메세지 따라
아픈 별들 바닷가에 모였다
파도가 크면 클수록
부서지는 포말이 많으면 많을수록
자연 치료 효과가 크다는 설說
막다른 발걸음 하나둘 몸의 방향이 기울어진다
아픔이 아픔을 설득한다
파도는 꼭 두 개씩 밀려와 아픔을 다독여준다
밀려가는 것은 무엇이고
밀려오는 것은 무엇이냐
이 좋은 바다에 와 슬픔을 삼키며
웃음 치료 음이온 치료 햇볕 치료라니
자연이 무엇이냐
우리가 언제 자연을 배역한 일이 있더냐
내 손톱 밑이 더 아파
선량한 별들 서로 돌아보지 못하는
아픈 사랑만 모인 이율배반이

넉넉함을 잊고 서운함 쌓여 울음만 깊어졌다
눈치 없는 파도의 밀당에 심신이 낫기보다
병만 더 짙어지겠다
파도야 부서지지 마라 갯바위야 숨어다오
바다야 잠잠해다오
우리는 우리 시계를 되돌리고 싶구나

무엇으로 사는가

그이는*
'사람은 무엇으로 사는가' 라고 했다
그러나 나는 주어를 뺐다
'지금 여기'라는 말들도 한다
그러나 나는 시간, 시간이 불안이고 공포다
'다 지나간다' 라고도 한다
그러나 나는 나약한 사람
다 지나갈 때까지의 고통을 감내하지 못할 것이다
매일 먹는 항암약과 진통제를 들여다보고
하루치 삶에 아부하며
부작용에 대해 기도하고
약 기운이 떨어져 갈 때쯤 몸은 통증을 참을 수 없다
고 한다

오래된 벗이 한파를 뚫고 찾아왔다
얼음장 같은 차디찬 이성을 빛내며
주어를 찾아 다시 질문했다
암 환자는, 말기암 환자는 무엇으로 사는가
진통제로 살지 않느냐고 한다

그게 사는 것이냐고
그런 삶을 살아서 무얼 하냐며
냅다 등을 후려쳤다

벗이여, 다시 말하지만 나는 나약한 사람
모든 불안과 공포에 매일 흔들리며 사는 사람
저 언덕 너머 사랑은 생각조차 할 수 없는 사람

*톨스토이.

2부

봄구슬붕이

설악산은 숲이 깊어
초록 일색에 숨이 막힐 것 같더라
봄이 더딘 깊은 산골
새소리 높이 어지러워지고
피골 들꽃 잊을 만하면 발길 잡더라
너는 어디에 숨었니
숨은 그림 찾아 나선 햇살 한 줄기
가만가만 비추자 줄줄이 꿰어
너 방글방글 일어서더라
세월 더께 두툼한 갈잎 융단 사이사이
큰 나무 그늘 비껴간 햇살 조각마다
여기저기 뻗어 너의 장원이 되었구나
그리움은 어디서 오는가
보랏빛 눈길에 젖어
널 찾아 숲에 가는 발걸음 외롭지 않더라
하루 이틀 사흘
울던 새소리 잦아들고
나는 나의 사랑을 잃을까
짧은 봄 허리가 욱신거리더라

매화말발도리 꽃

꼭 그래야만 했니
맨땅에 발을 딛고 서 있다는 것이
너의 자존심을 건드리는 일이었니
바위마다 터진 실금 사이사이
발 디디고 아찔하게 뻗은 팔은
벼랑에도 삶이 있다며 불끈
핏줄 서는데
틈틈이 핀
애교 많은 새하얀 네 웃음이
찬란해 서글프구나

꼭 그래야만 했구나
바위를 붙들고 있지 않으면
산비탈 내리꽂는 비에
너는 산산조각이 나고 말았겠지
생을 알지 못하는 사람들은
너를 고고하다 비아냥댔겠지
깊은 산속에 어울려 사는 일이란
생각지 못한 모험의 연속이지

세속의 잣대를 대
사는 방법을 휘젓지 마
살아내야 하는 일이란
바윗덩어리를 안고 있는
숙제 같아서
가슴마다 큰 바위 하나씩
들앉혀 살지

명자꽃

이른 아침 사람 없는 거리 고요히 걷다
명자꽃을 보았지

나는 사람을 만난 듯 반가워 나도 모르게
명자야 부르며 그녀 곁으로 갔었지

어디서 왔을까
설악산 산처녀가 다 된 명자는 두 볼이
유난히 붉고 생기가 넘쳤지

목말랐던 사람 냄새
나는 그녀 곁에 풀썩 주저앉아
대책 없이 쌓인 피로 왈칵 쏟아내고 말았지

설악산 맑은 공기 청량한 바람 고운 햇살
이 병든 내 몸을 새롭게 해 준다 해도

피톤치드 넘쳐나는 눈부신 푸른 숲과
열목어가 첨벙대는 피골* 맑은 계곡이

병든 내 몸을 훌훌 헹구어 준다 해도

사방 둘러봐 으르렁대는 아픈 사람들뿐

명자야 숙자야 다정하게 부를 이름 없어
내 마음은 뽑혀버린 잡초처럼 매일 시들어만 갔지

명자야 명자야 촌스런 이름에서 구릿빛 흘러
명자야 명자야 하릴없이 부르고 또 불렀지

사람 없는 거리에서 문득 명자를 보고
나도 너처럼 누구에게 촌스런 사람이 되었으면 했지

명자야 나직하게 부르는 소리에 파르르 떠는
네 꽃잎이 본능적으로 나의 외로움을 알아차려
나는 사람 없는 길에서 아침 이슬에 흠뻑 젖었지

*피골 : 설악산 골짜기 중 하나. 가을의 단풍이 핏빛처럼 붉어 피골
이란 이름이 붙여졌다고 함.

떠도는 집

자본이 자본을 낳은 시대의 병상에는 온기가 없다
혼자 살다 혼자 가는 것을 고독사라 했으나
불치의 병을 안고 대학병원과 요양병원을
오가는 삶도 고독하다

순이 할매는 말기암에 치매까지 살짝 왔다
대학병원에서 항암주사를 맞고 면역 치료하러 양한방
병원에 다닌다
늘씬한 몸매의 딸이 왔다 가면 세상을 다 얻은 것처럼
기분이 좋아 모든 환우를 애처로워 못 견뎌 한다
그러나 면역치료를 마치고 몇 안 되는 짐을 챙겨
늘씬한 딸의 모델 걸음을 따라 퇴원하는 곳이 요양병
원이다

이 궤도를 이탈해 본 적 없는 그의 집은 어디일까
천체 밖 어디쯤인가. 혹 어느 블랙홀에 숨겨 두었을까
이 궤도 안에 있는 우리에게 집이 있기는 있는 걸까

순이 할매가 간다, 50대 약사가 간다, 40대 아즈메가 간다

줄줄이 일어나 간다 그러면 빈 병상이 나오기 무섭게
캐리어 구르는 소리 여행자처럼 줄줄이 들어온다

허나 이 궤도를 따라 살 수 없는 별도 있다
종합병원에서 항암주사 맞고
돌봐 주는 사람 없는 집으로 가는 별이다
그 별의 집은 무표정한 가족이 정물이 되어
별이 뜨는지 지는지 모른다
아니 천지간 혼자가 된 정물이 탁자 위
오래전 꽃병이 놓여 있던 자리를 파고들고 있다

생계형 혼자인 별 항암을 포기한 별
항암주사 한 대 맞고
믹스 커피로 한 끼를 해결한 후 박스 줍는 별들
불완전 궤도를 아슬아슬하게 돌고 있어

돈이 목숨인 세상이라 수군거린다
환자는 진단 받자 즉시 아픈 것이 죄라도 되는 것처럼
유배지를 찾듯 스스로 요양원으로 가야겠다고 한다

가족이 팀이라는 집은 희귀종이다

모든 생로병사가 시설을 떠돌고 있다
사람의 온기는 병력의 햇수에 반비례해지고
의미 없는 눈알만 뒤룩거리다
암묵적 피곤을 오래된 손잡이에 남긴 채
현관을 박차고 나가버린다

동고동락하겠다는 결혼서약? 그런 게 뭐죠?
오늘도 불치의 병은 궤도를 따라 오차 없이 떠돌고
집 주소를 묻는 두 눈에 이슬이 가득하다

탄자니아 마라강을 건너는 영양*

아프리카 탄자니아 마라강에는 매해
세렝게티로 이주하는 영양들이 모여든다
배고픈 악어 떼가 우글거리고
세찬 물결이 굽이치는 마라강
을, 허우적거리며 새끼 영양이 건너고 있다
놓칠세라 흉측한 얼굴의 악어가 새끼 영양을 쫓고 있다
안 돼! 엄마 영양이 뛰어들어 허기에 미친 악어를 막아섰다
악어의 긴 턱뼈가 가차 없이 엄마 영양을 낚아챘다
엄마 영양은 악어 입속으로 빨려 들어가면서도
눈은, 아기 영양을 끝까지 지켜보고 있었다

*영양 : 톰슨가젤, 영양아과에 속하며 영양류라고도 함.

플라멩코

동물원 사파리 얕은 냇가 머리를 처박고 있는 플라멩
코 떼는
하릴없이 종일 걷기만 하지 날개를 펼 생각을 안 한다고
사람들이 가까이 가서 구경해도 날아갈 생각을 안 한
단다

누군가 조련을 잘 받아서 그럴 거라 하자
누군가 플라멩코 날갯죽지에서 깃털 하나만 뽑아 버
리면
플라멩코는 죽을 때까지 날지 못한다며 소곤소곤 귀
엣말해준다

플라멩코 떼가 아프리카 초원 위를 정글 숲을 우아하
게 날아가는 장관은
우주 밖에서도 보인다는데
플라멩코 춤을 추는 집시 여인의 두 눈이 석양빛에 붉
게 글썽이고 있다

서툰 작별

생의 막차 떠나갈 때
종착역이 저 앞에서 기다리고 있거나
삶이 죽음이라는 것을 깨달았을 때
모든 생은 하고 싶은 말 가슴 가득 차올라 넘치고 있다

사랑하던 이들 줄줄이 파문처럼 흔들리고 있다
긴 연필 들고 남길 말에 대해 생각해 본다

삶의 뒤안길 침 묻혀 꾸벅이다 어느새
장문의 문장은 사라지고 단문의 작별이 웃고 있다

짧고 굵게라는 말도 있잖아 구질구질하지 말자
알아서 다 잘하겠지 사는 사람은 다 살아 너만 생각해
난들 타인의 죽음을 시시각각 뼈저리게 아쉬워해 보
았던가

울대까지 올라온 서늘한 절실함과 절절함을
꿀꺽 삼키고, 내일 만날 것처럼 말하고 있다

젖은

호수에 발 담그고 있는 버드나무처럼
냇가에 핀 물봉선화처럼
언제부터인가 내 말은 늘 젖어 있다

무엇이 내 생의 물관을 타고 올라
늘 축축하게 젖게 하는지
말간 호수 빤히 들여다본다
이 잡듯 냇가를 뒤져 본다

생의 밑바닥 친,
차마 흐르지 못한
가녀린 꽃봉오리에 잡혀버린 어둠

스러져 가는 혈관에 새로이 주입할
희망의 주사가 이토록 어려운 것인지
생의 막다른 옷 갈아입으려 할 때
비로소 알게 되었다

아득한 하루

기쁨과 슬픔이 매일
서로 다른 꿈을 꾸며 서쪽으로 가는 길

웃음과 눈물이 불면의 밤을 새우며
충혈된 가슴 조금씩 서쪽으로 기우는 길

서쪽으로 고요가 길면 길수록
깊으면 깊을수록 삶의 문장 가벼워질까

두 눈 가늘게 뜨고 기다리는 아버지
머뭇머뭇 쓰고 있는 작별 인사

붉은 저녁 햇살 가뭇 사라진 교회 종탑
기우는 하루치 체온 아득히 눈을 감는다

이별은 추억을 기억할까

모든 이별은
추억의 촉각을 곤두세우고 있다
마음결 따라 양질의 옷감을 재단한다
시계의 초침 따라 마음은 세밀한 화장을 하고
내밀한 언어를 쏟아 놓는다
슬픔의 눈물이 얼룩지기도 하고
기쁨의 꽃다발을 갖다 놓기도 한다

생각해 보니 이렇게 말할 필요는 없는 것 같다
사라져 가는 사람들은
남은 사람들에게 조금이라도 기억되고 싶다
손때 묻은 흔적 지우지 말고
내가 숨 쉬던 공간에
깊은숨 쉬고 있기를 바라고 있다

내가 그들을 사랑한 것만큼,
실체는 없으나 실체가 있는 것처럼,
나를 대신해 나도
남은 사람들에게 사랑받고 싶은 것이다

나의 암세포가 넝쿨손처럼 뻗어 나가
자꾸 영역을 늘려 버리면
그만큼 나의 남은 날들은 줄어들겠지

줄어들어 가는 나의 죽음을 마주 보며
가장 진솔한 고백은
누구에게나 생은 간단하지 않으니
사랑하는 이여,
지우개로 지우듯 지우지 말아 주세요 오래
오래 기억해 주었으면 합니다

사월

목련이 활짝 웃던 날
그대를 만나 다행일지 모릅니다

꽃그늘 아래
환한 당신 편지를 읽는다는 건
에덴의 축복일지 모릅니다

꽃잎 뚝뚝 바람에 날릴 때
그대 고운 눈물일지 몰라
꽃잎 따라 가만가만
엽서를 띄우게 될지 모릅니다

거기 언제나 서 있는 당신
사월이면, 사월이 오면
목이 긴 그대, 행여
기다릴지 모릅니다

가을비 오는 저녁

일몰을 지우는 저녁 강 안개
산허리마다 흐르는 낮은 구름
붉게 물든 가을 산 저녁놀 삼키는 화엄입니다
가자, 어느새 추적추적 늘어나는 빗방울
가자. 붉은 저녁 휘감는 구름에 두 손 모으고
사과나무 지나 자두나무 지나 나를 지나
지분 없는 그루터기에 앉아
오선지를 꺼내 우리 달려온 시간 노래합니다
여행을 떠나는 빗방울 버스킹
똑똑 동그라미 여울진 강물은 알레그로
우루루 우루루 강화알미늄 지붕은 모데라토
따다닥 따다닥 양철지붕은
내 동생이 두고 온 작은 북소리입니다
오선지를 뛰노는 빗방울 화음에 나의 긴 걸음은
어느새 가을의 경전을 품고 배후가 어둠인 저녁
작별을 주저 않는 낙엽의 행간을 읽고
나를 지나간 빗방울 거리 익명의 가을비
내 생의 마지막 언어를 조각해 줄 조각비
집 짓는 거미처럼 섬세한 조각가
참으로 고마웠습니다

3부

엄마를 생각하면

내 안의 흐느낌이 잔잔하다 끝내는 광풍이 되고 있어
왜 아무 말 못 하고 살았느냐 말해 놓고
그것이 내게 하는 말 같아서
엄마와 내가 너무 같아서
글이라도 쓰지 그랬어 말해 놓고
나도 못 쓰는 나를 엄마에게 떠넘기는 것 같아서
착한 끝은 있다고 누누이 말하며 나를 달래는 말을
듣고
엄마처럼 살지 않을 거라 말해 놓고 엄마처럼 사는
나를 볼 때
어디까지 엄마이고
어디까지 나인지 몰라 그만,
내 안의 흐느낌을 그만두고 싶어 울음을 멈추려는데
흠칫, 내 딸이 보이고 내 아들이 보여 엄마를 붙잡고
어떻게 하면 좋겠냐고 내 안의 당신과 흐느끼고 있어

뜨거운 옹이 2

검은 먼지가 떼 지어 다닌다
기울어 가는 것들에는 미래가 없다
어제 보았던 무지개는 오늘,
먹장구름이 되어 삶 전부를 집어삼키고 있다
이태 전 갑상샘암 덩어리는 착하다고 했다
귀 떨어진 계단을 올라가 마시던 커피는
또 다른 암 덩어리를 부화시키고 있었다
목숨 줄을 의사에게 맡기는 것은 당연했다
누누이 증세를 말했었다 그때마다 외면당했다
갑상샘 암 진단을 받고 학림다방에 앉아
탁탁 펜대를 두드렸던 것은 파랑새가 어깨 위에
앉았기 때문이었다
검사만 스무날 남짓 받고 여기저기 퍼진 유방암은
원인불명암이란 부제를 받고 그대로 주저앉았다
착한 암도 힘겨웠다 저물지 않은 저녁놀이 남았는데
검은 파도가 솟아, 남은 노을을 삼켜 버렸다
파랑새는 어디로 갔는지 보이질 않는다
어떤 이정표도 보이지 않았다
사람에게 신에게 거칠게 저항했다

누가 이 많은 암 덩어리를 설탕처럼 녹여 줄 것인가
하루 이틀, 울분만 쌓였다
생의 걸림돌들이 악다구니처럼 튀어나왔다
저 저 저 저것들 때문이다
아니다 그렇다 그렇다 아니다
이성 감성 영성이 뒤범벅되었다

몰랐다

마음에 감옥이 생긴 날부터
빛은 어둠에 묻혀 버렸다

되는 것보다 안 되는 것이 많아졌다
할 수 있는 것보다 할 수 없는 것이 더 많아졌다
이제 막 펴려던 날개가 꺾여 버렸다
그 많은 기회는 다 어디로 갔나
내 생의 처음은 항상 아이들이었다
나란 이름표를 내걸다가도 언제든 유턴했던
내가 살아가는 삶의 이유 첫이었다
하느님은 기회란 좌판을 벌여놓고
생을 저울질이라도 하는 걸까
하느님께 도발하고 싶어졌다
아니 하느님의 발아래 납작 엎드렸다
암세포를 죽이는 고통이 점점 커 가고 있었다
살아야 할 이유보다 사는 미안함이
덩굴손처럼 여기저기 뻗어 나갔다
그때마다 세상에 없는 흔들림에

〈

  천 길 낭떠러지에 서 있는 것 같은 공포가 분열을 일
으켰다
  표류하는 난파선 수많은 기도가 단단히 묶어 주었다
  수많은 비교가 위로보다 상처였다
  산다는 것이 시간과의 싸움이란 것을 몰랐다
  한 숟가락의 흰죽이 통증이란 걸 몰랐다

  어둠에 갇힌 빛은 미동도 하지 않았다
  마음의 집이 무너져가고 있었다
  영혼의 근육이 굳어가고 있었다

사랑하지 않은 것들에 대해

서서 먹는 밥처럼 어떤 부담이 묵직하게 남아 있다
생활의 기술이 미숙한 생은 막차에 올라타 있고
시나브로 대단원에 이르렀는데 고백해야 할 것 같다

사랑하는 것들이 있듯 사랑하지 않는 것들이 있다
경經은 사랑하라 말하지만
서로 모르는 사이 스쳐 지나가는 것들이 있다

그들이 있어 사랑하고 사는 일이 외려 쉬웠는지 모른다
그들이 있어 제비꽃이 핀 것을 알았는지 모른다
그들이 있어 봄바람이 부드럽다는 걸 알았는지 모른다
그들이 있어 풀밭에 누우면 하늘이 보이고,
새가 노래하다 곤두박질칠 수 있다는 것을 알았는지
모른다

사람과 사람 사이 공간이 절대 그리움이란 것을
불편한 것들 사이사이 푸른곰팡이가 핀다는 것을
금기와 금기 사이 허망한 눈물이 숨어 있다는 것을
알았는지 모른다

〈

사랑하지 않는 것들이 있어 평화롭고 자유로웠다
사랑하지 않는 것들이 있어 즐거웠고 행복했다
사랑하지 않는 것들이 있어 버둥버둥 잘 살아났다

그들과 함께 살았다는 것을 깊이 감사해야 할 것 같다
사랑하지 않는 것들,
사랑할 수 없는 것들,
사랑하고 싶지 않은 것들이 있어
살아냈다는 이 크나큰 사건을
이제 가슴 열어 큰소리로 외쳐도 될 것 같다

매미의 퇴고

바람을 잡아간 무결점 들판엔 개미 새끼 한 마리 없다
팔월 중순 한낮은 고요보다 정적이 마땅했다
정적을 부르는 정오. 이 낮고 평화로운 고요가
무거우리만치 권태로울 즈음,
매에—

드넓은 들판에 파문이 일고
작은 소란이 나는 쪽으로 은근히 고개 돌리는
살아 있는 공간이란 이런 것일까
비행운처럼 딱 한 줄 그어졌을 뿐인데
힘없는 갓난아기 울음 같았을 뿐인데

—에휴, 세월 참 빠르네. 칠월팔월 울고 있게
—네?
—이제 저도 갈 때가 돼야 서러워서 저리 울제
무심히 내뱉는 매미의 변辯

세상 모든 매미는 사전적으로 울었었는데
세상 모든 매미 생태 숫자로만 셈했었는데

가야 할 때를 알아 우는 매미 울음이
서술어인지, 충청도 땅 서천 화양에 와서야 알았다

그는 가야 할 때를 알아 길게 늘여 말하고
나는 고유어보다 더 고유한 향토 말에 채집 당해
녹슨 촉수 더듬어 나의 노래를 셈해 본다
나의 마지막 서술어를 매미에게서 배운다

문득, 내일을 말하지 못해

할머니는 아흔 너머까지 살았다
일흔 넘으면서부터 절을 하면
다음을 약속하지 않았다
오랜만에 만난 주부가 된 손녀에게
고쟁이 깊숙이 손 넣어
따뜻한 체온 겹겹이 묻은 용돈을 쥐여 주면서
살아 있으면 또 보자고만 했지
내일을 말하지 않았다

엄마는 신혼부터 김장을 해 주고 있다
여든 넘으면서부터는
올해가 마지막일 거라며,
지천명인 딸 김장을 굳이 해 주고 있다
반듯했던 뒷모습 어디 가고
척추관협착 척추측만 찾아와
해마다 진통제 수위 높아 가는데
그때는 더 많은 양의 진통제를
김장 양념처럼 털어 넣고
김치를 담았을 거란 생각을 하면,

김치를 먹을 때마다 마디마디 통증에 시달렸다

나는 할머니보다 엄마보다 한참 젊은데
이유 없이 온몸에 기운이 빠지고
체중계 눈금이 점점 가벼워져 갔다
진땀이 줄줄 흐르고 여기저기 담이 쑤셔
정밀 검사를 했다
암이란다. 말기암이란다
이 믿기지 않는 사실을 받아들이기까지
내 머리칼은 한 올도 남아나지 않았다

문득, 할머니처럼 엄마처럼 마지막이라며
아직 눈망울 까아만 내 아이들한테
해줄 수 있는 것이 무엇일까
별을 헤듯 모래알을 더듬듯 찾아보지만
타는 마음뿐 나는,
엄마보다 할머니보다 못난 삶 같고
되려, 아픈 엄마로 기억되지 말기를 바라고 있다

선물

얼마 남지 않은 시한부 목숨인 줄 알면서
대입 검정고시에 도전하는 그 여자
방송대 강의 꼬박꼬박 듣고
사회복지학 학위를 취득한 그 남자
활자 하나하나 창공에 쓰고 새처럼 날았을 꿈
낡은 가방에서 흘러나오는 정지될 삶의
희망 고문 같은 위대한 역사를 쓰리라

소등하라는 병원 규칙 어겨가며 십자수 놓는 여자
한 움큼 색연필 꺼내 그림 그리는 남자
칸막이 커튼에 갇혀
컴퓨터와 씨름하며 글 쓰는 사람
오늘보다 내일은 희망보다 절망인 몸뚱어리
머리카락 한 올 없는 푸른 민머리
관처럼 쓰고 있는 형형색색 모자가 슬픈
진통제 몇 알 털어 넣고
조금 더 조금만 더
오늘을 붙잡고 싶은 그 남자 그 여자 그 사람들
삶의 조각배 어느새 요단강에 닿으면

대입 검정고시 합격증도
대학교 학위 취득증도
십자수, 그림, 글⋯⋯
꼭꼭 붙들었던 생명의 서,
한 줌 재가 될 터인데
누가 오늘을 선물이라 했나요

황사 부연 봄 하늘
맑고 깊은 두 눈 주르륵 울음 흘려보내지 못하고
애타는 죽음의 기호들만
하늘 가득 부유물처럼 떠다니고 있다

부스럭부스럭 계절은 바뀌는데

여름에서 가을, 계절이 바뀐다
늘어나는 알약 수만큼
엉킨 실타래처럼 복잡한 심경에
해가 뜨고 해가 진다

얇은 병실 유리창 너머 저기는 다들 건강한 것 같고
다들 생기 넘치는 것 같다

가을을 만끽하는 사람
조용히 겨울을 맞이하는 사람
목적을 가지고 외출하는 사람

외출 결과를 나누는 부드러운 커피 한 잔
창문 밖으로 흘러나오는 카페라떼의 커피 향
은 사방으로 번져 따스할 것 같다

그녀도 유리창 너머 그들과 같은 날이 있었는데
그녀는 매일 주저앉을 것만 같다

〈

병상으로 내리쬐는 햇볕 한 줌
자전축만큼 창문 밖으로 기우는 마음

지천명이면 무엇을 모를 나이도 아닌데
자꾸 남의 삶을 기웃거리게 된다

언제 끝날지 모르는 긴 복도에 서서
치자꽃 날리던 화사한 옛 생각에 젖곤 한다

부스럭부스럭 한 계절이 또 가고 있다

눈물은 누구를 위해 사는가

청춘을 일러 '거짓 많던 허구헌 날'이란다 새삼 뒤돌아보
아 거짓을 찾아보았다
거짓보다 참다웠던 시절이 봄꽃처럼 환하다 여름 잎들처
럼 무성하다 가을 들판처럼 곱다가
겨울 흰 눈처럼 깨끗했던 순환이 코흘리개 아이들 같은
세레나데로 가득 찼었다

누구라도 눈물은 샘이 깊다
그 깊은 샘을 위해 아름다운 숲은 함부로
푸른 바람 내주지 않는다
생의 징검다리 건너면 건널수록 뒤에서 부는 바람은
앞에서 오는 바람보다 세차게 눈물을 꺾어 놓는다

그녀가 눈물이 없다는 말을 그에게서 들었을 때,
그녀는 방구석에 앉아 무릎을 세우고 가슴을 쳤다
처음으로 촛불을 끄고 눈물을 생각해 보았다
언제부터 눈물을 짓누르고 살았을까
그토록 많았던 눈물은 다 어디로 갔을까

유달리 눈물 많았던 가녀린 어머니
부재중인 아버지 빈자리에 앉아 흐느끼는 젊으신 어
머니
어린 그녀는 그 흐느낌에 찔려 놀라고 당혹스러웠다
어머니는 그녀에게 우주였었는데

젖먹이 아기처럼 포근하게 감싸주었으면 했다
그녀는 그때부터 눈물을 삼키는 연습을 했고,
이후 어쩌다 어른이 된 그녀
남자는 여자의 눈물을 싫어한다는 것을 알게 되었다
그녀도 어린 자식들을 가지게 되면서 어머니가 떠올랐다
단단해지지 않으면 안 될 것이라는 위기감이
점점 강철 같은 가면을 쓰게 하였다
생은 여자 아니면 남자 그리고 연민이리라
촉촉한 일상을 굳이 외면하면서까지 지키려 했던 그
것은 무엇이었을까

기댈 것이 그리웠던 그녀는 밤마다 그늘을 찾아 마른
울음을 울었고
단단해지려고 하면 할수록 들키고 마는 물렁물렁한
것들은
생의 징검다리 건널 때마다 발효되지 못한 연민에 어
설프기만 했다
그녀의 시는 쓰면 쓸수록 눈물이 되지 않았다
아니다 몇 번은 걷잡을 수 없이 울었다
그렇게 몰아쳐 울고 나면 자잘한 눈물은

목울대로 가만히 밀어 넣을 수 있었다
아니다 때때로 캄캄한 밤 더운 눈물로 베갯잇을 푹푹
적시곤 했다
맞다 수돗물 크게 틀어놓고 목울대를 눌러가며 컥컥
울기도 했다

그러고 보니 참는 눈물이 참 많기도 많았다
그러고 보니 지나치게 절제된 시가 참 많기도 했다

눈물은 누구를 위해 사는가
톨스토이에게 물어봤을 때, 그의 숲은 아무 말 하지
않았다
무성한 이파리 하늘 가득 메운 그날,
숲으로부터 받은 전언은 안타깝게도 물음표 하나뿐
이었다
돌아보건대, 눈물이 생의 징검다리 건너지 않았을 때,
그때가
가장 반짝거렸을 것 같은 –
저절로 촉촉해지며 맑게 솟아나는 詩였을 거라는 –
촛불 꺼진 동굴 동그랗게 웅크리며 가만히 중얼거렸다

유언

버리라 비우라
나를 알고 있는 사람들은 암 걸린 내게 무수히 말한다
그러나 세상 어미들이 제일 어려운 일이 자식이어서
탯줄 끊기가 쉽지 않다

중국의 젊은 여성 환경학자 위지안은
나이 삼십에 세계 100대 명문대 상해 푸딩 대학교수였다
노르웨이 유학에서 돌아와 막 꿈을 펼치려는 순간
유방암 말기 진단받고 투병하다 세상을 떠났다
다섯 살 어린 아들과 자상하고 멋있는 남편을 두고 갔다
그녀는 "지금 안 것을 그때 알았더라면"하는
뼈아픈 후회를 하며 "사랑한다, 고맙다" 그의 블로그
를 통해
사랑하는 사람들과 일일이 작별인사를 했다

에밀 아자르(로맹 가리) 어머니는 암에 걸려 죽기 전
2백 통의 편지를 썼다고 한다
스위스에 있는 그녀의 친구에게 편지를 맡겨,
그녀가 죽고 나서도 전장의 아들 로맹 가리가

3년 동안 계속 받아 볼 수 있도록 했다고 한다

호스피스 병동의 젊은 엄마는
아이의 성장 마디마디 열어 볼 수 있도록
녹음과 영상을 남겼다고 한다

나는 암이 발병하자 아이들에게 두서없이 당부했다
나의 빈자리를 위해 무언가 해야 한다는
심연의 요구가 끊임없이 나를 두드리고 있었지만
수면 아래로만 흐르고 있을 뿐
이렇게 지내도 되나 하는 초조와
더 아프면 아무것도 못 할 것이란 불안을 떨칠 수가
없었다
나의 빈자리에 대한 불안과 두려움 공포의 시간이 얼
마간 지나고
발병한 지 1년 만에 암이 진행을 멈춰 줬다
나는 유언을 남길 수 있을 때라 생각했다
그러나 아무것도 하지 못하고 있다
할 것 같은데 웬일인지 펜을 쥘 수가 없다

할 수 있는 일이 오직,
사랑하는 이들과 오래오래 지낼 수 있도록
깊게 깊게 무릎 꿇고
두 손 모아 하늘을 우러를 뿐이다

퇴계와 나

정기검사차 병원에 갔었어
폐에 이상 징후가 보인다며
급하게 입원하란 연락을 받았지
왠지 쉽게 퇴원할 것 같지 않아
―화분에 물 주세요
특히 사랑초는 이틀에 한 번씩 꼭 주어야 해요
그렇게 말하고 나니 퇴계 선생이 운명할 때
"매화에 물 주라"는 말이 생각나 갑자기
'사랑'이 무서워졌어
가면 갈 것을, 유언처럼 남긴 이 말이
남겨진 사람에게 그 얼마나 족쇄가 될까
퇴계도 아니면서 왜 그랬을까
못내 깊은 후회가 되었어

근 20여 일 입원해 있으면서 갖가지 검사를 했어
검사는 상상을 초월했어
검사받다 죽는 건 아닌가 했어
지독한 검사 결과
유방암이라 쓰고 '원인불명암'이라고도 읽는다더라

이놈은 폐에 있어 폐암이라 했다가,
림프에서도 보여 림프절암이라 했다가
그도 저도 아닌 유방암이란 진단이 나왔어
암세포는 림프와 폐, 척추, 머리뼈까지
무차별 난사를 해 놓았는데 도무지 믿기지 않았어
와중에 폐암이 아닌 것을 다행이라 하드라
그런가 보다 했지 그런데 의사마다 번갈아 가며
마치 모르는 제목을 대하듯 영혼 없이 통보하더라
왠지 적소에 위리안치되는 그런 기분이 들더라
의사는 완치는 안 된다고 했어
연명치료니 완화니 설명하면서
주 1회 항암주사를 죽을 때까지 맞아야 한다고 했어
벌이 귀에서 왱왱 떼 지어 날아다니는 것만 같았어

정처 없이 흔들리는 마음
항암주사 한 대 맞고 주섬주섬 집으로 돌아왔어
집은 내가 없어도 정리정돈이 잘 되어 있더라
손때 묻은 살림살이 휘-이 둘러봤어
울컥 목이 메었어

새집으로 이사 온 지
불과 여덟 달밖에 되지 않았는데
왜 나는 이사만 하면 아픈지 모르겠더라

어제의 공기가 오늘과 사뭇 달라 낯설었어
어떻게 기도를 해야 하나
소설 같은 이야기가 내 이야기라니
누가 알았겠어
이렇게 또다시 등 뒤에서 폭풍 몰아쳐 올 줄
망연히 내다 본 눈 끝에
사랑초가 가늘게 떨고 있었어
사랑초는
그새 초록빛 이파리가 무성해졌어
연보랏빛 꽃까지 피어 가냘프게 흔들리고 있었어
주룩주룩 빗물이 흘렀어
다들 안녕한데 왜 나인가
초롱초롱한 순한 생명에 기대어
—여보, 잊지 않고 물을 잘 주었나 보네요
—이틀에 한 번씩 꼭 주었지

〈

퇴계는 죽어서 사랑을 보았지만,
나는 살아서 사랑을 보았으니
저 작은 풀이 매화보다 낫고,
나는 또,
퇴계보다 더 나은 사람인 것만 같았어
헛헛했던 하늘에 연보랏빛 꽃이 눈부시게
훨훨 날리고 있었어

개구리 뒷다리만큼

그가 괜찮냐 묻는다
나는 허리 아프고
뒷다리가 당긴다고 했다
뒷다리란 말에
그가 개구리냐고 한다
사람이라 해서 별거 있겠는가
장딴지든 대퇴부든
아메바로부터 나온 몸뚱어리
개구리면 어떤가
개구리 뒷다리면 어떤가
그 튼실한 느낌으로
개구리만큼 뛸 수만 있어도
그 삶은 괜찮은 것이다

'괜찮다'란 이 말
개구리 뒷다리처럼 썩 좋은 이 말
진짜 개구리 뒷다리처럼
괜찮고 싶다
뛰고 싶다

개구리만큼 뛰고 싶다

참 다행이다
그 많은 동물 중에
뒷다리가 괜찮은 놈을 만나
잠시 아픈 나를 잊고
개구리처럼 뛸 수 있을 거란 믿음이
생긴 것은
참 멋있고
참 괜찮은 일이다

의사보다 모자

눈앞이 흐릿하던 날 그날도 눈이 왔지
바람도 불었어 건물 숲 강남 거리는
다른 동네보다 추운 게 흠이야
이런 날은 집에 있는 게 좋은데
문우가 신춘 당선 턱을 낸다고 해 나갔었지
겹겹이 뒤뚱거릴 만큼 옷을 껴입었었지
그러나 파고드는 한기를 막을 수 없었어
오른쪽 머리를 타고 목으로 흘러내리는 통증을
막아낼 재간이 없었지

'바드득바드득'
저절로 소리 내는 치아
참을 수 없는 통증에 결국 진통제를 먹었지
꽉 조이던 어떤 끈 같은 게
딱 딱 하나씩 풀리는 느낌이었어
그럴 때마다 눈앞이 맑아지는 거야
몸무게를 재었어 2킬로가 줄었더군
하룻밤 사이

〈

병원에 갈까 하다 관뒀어
병원에 갈 때마다 담당 의사한테 말했었어
그럼
'글쎄요'가 진찰이야 '글쎄'

통증이 점점 잦아져 나 같은 증세에
어떤 병원이 나을까 검색을 했지
왜?
막상 가려면 어디로 가는지 모르잖아?
신경외과가 뜨더군
머리를 따뜻하게 하라는 말이 있더라
이게 웬 떡이야 눈이 번쩍 뜨여지더라
그래서 괜찮다면야 약을 먹는 것도 아닌데

그때부터 모자를 썼어
그전보다 더 열렬히 썼어
계절에 상관없이 썼어
그랬더니 좀 낫더군

바람만 쐬지 않으면 두통이 나타나지 않더라고

모자는 아는데 의사는 모르는 그것
바람은 아는데 의사는 모르는 그것
그게 암이란 걸 일이 터져서 알았지
그것도
기계를 통해서 말이야

4부

해 뜨는 곳 해 지는 곳

자주, 서쪽으로 가는 해를 바라보았지
아침을 모르는 사람처럼

낙타처럼 굽은 등을 내주는 산
그 등을 타고 넘는 평범한 노을
긴 속눈썹 아래 맑은 이슬방울
떨며, 아침을 가르쳐 주었지

아무래도 하루는 먼 여행이 쌓이는 날
내 작은 발등에 달라붙는 잡풀
그냥, 그냥 두라는 자비는
살아가면서 고이는 일들 이야기들

업히라 굽은 등 내 주는 당신
해 지는 곳이 해 뜨는 곳
산등성이 오르는 흠뻑 젖은 말씀
뚝뚝, 흥건해지는 붉은 산기슭

담벼락 한 장이 있어

바람에 얻어맞아 실금이 있어
새마을 블록 담벼락이 있어
컥컥 기침 소리에 실금 길어지고
낡은 가로등 희부연 불빛 아래
담쟁이덩굴이 있어
조금만 기다려
실금만큼 살금살금 다가가
꾹꾹 바람 막아 주고 있어
한 땀 한 땀 상처 꿰매주고 있어
한 번도 누구에게 기대본 적 없는
누군가의 바람막이로만 살아온 생
이번엔 나에게 기대 봐
끌어안는 여린 팔에 너른 가슴 떨리고 있어
담벼락 발끝이 간지러운 날이 늘어나고 있어
개망초 민들레 쑥부쟁이 구절초 산국이 있어
무뚝뚝한 담벼락 슬그머니 웃고 있어
벽화를 그린다는 페인트통 찾아와
지긋이 바라보고 있어
몇 날 며칠 찾아와 실눈 뜨고 있어

기대어 사는 삶은 아름답다

엽서 같은 담벼락에 담쟁이덩굴 따라 쓰고

찰칵, 우체통에 부치고 있어

컥컥 기침소리 담벼락에 기대

뭐라 뭐라 꽃들에 말을 걸고 있어

하루 종일 쪼그리고 앉아 말을 걸고 있어

바람에 얻어맞은 혼자였던 생

그래서 알게 된 온기 담벼락 한 장이 환해지고 있어

그림 기도
-나스카 라인*

창공을 올라 봐
그건 그들이 보려고 한 그림이 아니야
자연을 신께 드리는 도화지
지우기만 하는 것이 전부가 아니야
우리는 낙원을 모른다고 하지만,
없는 것에서 있는 것을 보는 것이 낙원이라지?
유목을 모르는 검은 눈동자의 그들이
대륙을 건너오는 방법을 알 리 있었을까?
달랑, 지팡이 하나가 전부인 유랑길에
그들의 시조가 아메바라 말할 수 있을까?
대륙이동설, 과학적 운운하지만
밝힐 수 없는 것이 아버지의 일
그들은 아버지를 안 거야
아버지는 그들을 안 거야
아버지 살려 주세요
새를 그리고
거미를 그리고
사람을 그리고
기도를 그렸어

낙원에서 살고 싶은 눈이 큰 아이
그의 기도를 보고 온 날
나는, 하울링을 보았어

*나스카 라인 : 2천 년 전, 페루 나스카지방 사막에 나스카인들이 그린 그림. 대략 9천여 개 정도 되며 이 중 50여 개 정도 그림을 알 수 있다고 한다. 나머지는 아직 수수께끼로 남아있다.

새벽에

누구는 비장했을 시간
누구는 그날이 그날로 구멍 난 양말을 신었을 시간

큰 숨 한 번 쉬고
동녘 붉은 기운에
차디찬 뺨을 부벼본다

혈압계가 가는 팔을 쥐었다 놓고
산소포화도는 손가락 끝에서 바둥거린다
귓속을 파고든 체온계 아직 36.5도
오늘을
하루를
신호등처럼 깜박이며 건널목에 서 있다

큰 숨 속에 잠든
한 날의 자잘한 기록들
유서라도 좋고
일기라도 좋고

〈
숨이 있어 붉은 새벽 따라
더듬더듬 건너본다
휘청휘청 걸어본다

눈 오는 날, 당신

하늘로 올라가는 수많은 기도
당신은 어린왕자체로 받아 적었네

삶의 무게 견딜 수 없다며 하늘 우러를 때
감당할 수 있을 거라 토닥이는 당신
당신은 오늘처럼 새하얀 세마포로 감싸 주신다네

순수를 그리워하는 당신
없다네, 아무도

당신 행성을 비행한 적 없는 당신, 당신들
웬일인지 비어만 가는 당신들의 순수

이제 당신을 만나러 오는 당신
이제 당신께 다시 두 손 모을 시간

보석처럼 박힌 어린왕자체
하늘 집 은하로 반짝반짝 흐르고 있네

푸른 첼로의 시베츠[*]

-어부의 노래

그는 무화과나무 아래 그녀를 이미 보았네
광야의 모래 바람 타고 날아온 겨자씨 하나
그가 그녀의 마음 밭에 만세전 심어 놓았네

그는 가나안의 열망을 가졌고
얼어붙은 이곳에
젖과 꿀이 흐를 것을 말하여 주었네
살아야 했네
성령 화관 쓰고 바다 건넌 앳된 새 신부
그날부터 부르짖은 외로운 호소
엎드린 무릎마다 그분 향한 굳은살

푸른 언덕 올라 뛰노는 양 떼 틈에서
감람산 올리브 나무
시베츠 언덕에 옮겨 심는 아버지
굽은 등을 보았네

텅 빈 기도실 적막한 그녀 등 뒤에서
때마다 구름 기둥 불기둥 보내 주셨네

자작나무 물들인 열정 어린 가을의 기도
붉게 빛나는 기도의 종착지

갈릴리 바다가
북해도 바다에 들려준 어부의 노래
무화과나무 첫 열매를 기다리는 사람들
어깨 위에 지워 주었네
그분 음성 머무는 이오와아이 호수*
하늘 노역 끝내고 두 손 모으는 어부들
올리브 향 날리는 수많은 영혼의 쉼터

하늘과 바람과 별과 호수와 어린 연두와
새벽을 깨우는
그녀의 무릎만이 알고 있다네
시베츠 겨울은
해마다 아몬드 나무를 심고 있다네
꺼지지 않는 촛불
그대의 메노라*에 켜 두고 있다네

〈

밤새 읽어 내리는 하늘의 말씀,
묵묵히 받아 적는 가녀린 저 발자국
그는 무화과나무 그늘 아래 서 있는
꽃등처럼 환한 그녀를 이미 보았네

*시베츠 : 일본 홋카이도에 있는 소도시.
*이오와 아이 호수 : 일본 홋카이도에 있는 호수.
*메노라 : 일곱 갈래의 촛대.

아사히카와 연가
−미우라 아야꼬[*]를 추모하며

가도 가도 끝없는 저 침묵의 들판
폭설이 주는 잿빛 고립 먹먹한 고요
귀 기울여 가만히 들어보면
가는 펜대 밤마다 서걱거리는 소리
눈 폭풍 휘모는 낮은 창 아래
날마다 타자치는 붉은 기침 소리

원고 칸칸마다 헝클어진 눈보라 막막한 로망스
그분이 가르쳐 준 하늘 기호 빙점
두껍게 막혔던 문장 부드럽게 다시 흐르고
생명을 위협하는 병상에서
한 마디 한 마디 뼈아프게 토해내는 진술
받아쓰는 작품마다
청년 예수 사랑하다 신열 오른 십자가라네

몇날 며칠 내린 눈송이 벗나무에 앉아
꽃비 흐드러진 봄날 그리는
자작나무 가만히 움트는 소리
가문비나무 고개 숙인 비에이江^{**}

106

그리웠다 물 밑으로 부쳐진 잔잔한 편지
너무 오래 기다렸다
너무 오래 달려왔다

어둠과 어둠 사이
별을 헤고 나온 당신은 프랑시스 잠 당나귀
가만가만 눈썹으로 말하는 밀알의 시간
깜깜할수록 빛나는 길 위의 별들이라네
나라 잃은 청년들 배고픔과 추위
죽어서도 돌아올 수 없고 찾을 수도 없는
댐 속에 수몰된*** 폭력에 허리 숙인 그대
해마다 그대 사랑한 사람들 모여
평화와 사랑의 펜
죽어서도 놓지 못하는 그대

차마 목 놓아 부르는 아베마리아
새하얀 침묵이 소요를 일으키고 들판을 건너
얼어붙은 땅에 쉼 없이 내리는 그분의 말씀
말없이 받아쓰는 빙점

벚꽃 바람 불고 개울물 풀리는 날

훌훌 그대 찾아온 이해의 선물이라네

*미우라 아야꼬(1922~1999) 소설가, 에세이스트, 소설 『빙점』 외
다수. 일본 홋카이도(북해도) 아사히카와에서 태어나 그곳에서 살다
생을 마침.

**아사히카와 미우라 아야꼬 문학관 옆에 있는 강.

***홋카이도에는 다수의 인공호수가 있음.

(이 인공호수를 건설하기 위해 일제강점기 강제징용 당한 우리 동
포들이 추위와 배고픔과 상상을 초월한 노역으로 수없이 사망함.)

메마른 땅에 단비처럼

"봄이 오면 습관처럼 꽃 사시는 어머니
*올해는 어떤 봄 품으며 기다리고 계실까"**

그녀는 컵을 만들었단다
엄마가 쓴 시를 써 만들었단다
머잖아 한국에 올 때 가져올 거란다
아직 탯줄을 끊지 못하는 엄마와 딸

그녀 생각 목까지 차오르면
제비처럼 날아와 살짝 앉았다 가곤 한다
그런 날은
흥부네 집에 물어다 준 박씨보다 부자가 된다

엄마를 사랑하고, 엄마 시를 자랑스러워하는
메마른 땅 촉촉이 적셔주는 단비 같은 아이

*김금희 시집 『시절을 털다』 푸른사상사, 「홍매화가 꺾여서」,
40-41쪽

아무래도 부처님

고독사란 말이 심심찮습니다
현해탄 건너에서 시작되었다는데
와 달라고 한 적 없어도 옛날 옛적부터
만만하게 잘도 오고 있네요

이것들은 눈 깜짝할 사이 들이닥쳐
낱낱이 부서져 미처 손쓸 새가 없습니다

그럼에도 TV 가족 드라마는 매회
훈훈해 쓸쓸한 놈 더욱 쓸쓸해집니다
백골로 웃어넘기고 썩은 채로 비웃어 버린
사람이 보이지 않으면 궁금했던 이웃은
이제 없는 것 같습니다
그나마 살아남은 해묵은 달력이
죽은 사람 기일을
챙기고 있네요
다세대 가구에서 단칸방으로
지하 쪽방에서 한 자
관 속으로 툭, 떨어지는

쉿! 마지막 뒤처리도
전문용역업체에서 한다네요

어쩌다 이렇게 되었을까요
홀로가 좋다는 세상에서요
바다 건너에서 왔다는 이 핑계를
내 옷처럼 입어야 하나요

아무래도 부처님
부처님,
중생제도를 다시 해야 되려나봅니다

왜

상상조차 하지 않았다
검은 먹구름이 찾아오리라 누가 가늠이나 했겠는가
중중 말기 암 진단을 받고 현실감이 없었다
척추 뼈가 녹아내리거나 주저앉을 수 있다
죽을 때까지 항암주사를 맞아야 한다
완치는 불가능하다
의사의 고지는
마치 암을 앓아 본 사람한테 하듯 기계적인 통고였다
항암주사를 맞기 시작했다
횟수가 거듭될수록 고통스러웠다
치료과정이니 받아들여야 한다는 생각은 못했다
왜 이런 일이 나에게 생겼나
내가 무슨 잘못을 해서 이런 병에 걸렸나
왜 나인가
왜
가슴이 터질 것 같았다
병든 짐승처럼 포효했다
울고불고 토설을 했다
사랑하는 사람들이 금방이라도 나처럼 될까 두려웠다

육체의 고통이 커 갈수록 마음은 지옥이었다
차라리 죽고 싶었다
가족들을 힘들게 하고 싶지 않았다
아파서 아이들 발목을 잡는 것이 괴로웠다
수만 가지가 사는 이유가 되지 않았다
왜 나인가 미친 듯이 몇날 며칠 항의했다
그럼 누구?
그토록 끔찍이 사랑하는 가족?
간신히 정신이 돌아왔다
뒤죽박죽 갈피를 못 잡으면서도 그건 아니었다
그럼 누구?
더운 눈물이 흘렀다
하나님 저라서 감사합니다

참회

살면 살수록 삶이 차가워지는 것은
독버섯 같은 욕심 때문일 거야
누리면 누릴수록 다가드는
얼음장 같은 죽음의 기호들을
살아가야 할 정당한 조건처럼 리스트를 만들어
돌에 새길 듯 열심을 다해 살지는 않았을 거야

꼭 쥐고 펴지 않았던 세속의 손
감람산 햇빛과 바람에 활짝 폈었더라면
생의 대부분이 어둡고 침울하지는 않았을 거야

만남과 헤어짐이 모래알처럼 많은 이곳
수많은 약속 뇌까리며 살아왔지만
아침에 피어 저녁에 지는 꽃보다 낫지 않았어
팔랑, 지는 꽃잎 떨어지며 하는 말이
허허虛虛, 뒤척이는데
다시 오겠다는 그분 약속 잊지 않았더라면
떨어지는 꽃잎 소리에 동의하지는 않았을 거야

〈

산다는 것은 첫 경험을 성城처럼 쌓아 가는 일
잠시 거쳐 가는 이곳보다 영원한 그곳에
확실하게 눈 맞추고 살았더라면
고개 숙여 울지는 않았을 거야

생의 파편처럼 한 장 남은 꽃날,
빈들에 단비 내리고
올리브 산에 하얀 꽃 흐드러질 때
그곳의 삶에 얼굴 붉히는 나직한 고백
살랑, 가벼워질래 스쳐 가듯 사는 여기,
작은 것에 감사하며
거룩한 바람에 나를 씻어,
성령의 생수에 나를 헹궈

떠날 것을 아는 여자들처럼
하늘 그곳 아버지 집으로
독수리 날개 치듯 힘차게 올라가 볼래

바람

부지런히 살았고
부지런히 아프고
부지런히 더 아파 말기 암
죽을 때까지 항암주사 맞으라
부지런히 주사 맞고
머리칼 다 빠지고
온몸에 털이란 털은 다 빠지고
공포 불안과 싸우고
억울하고 분하다며 흔들리는 대로 토설하다
아직 탯줄에 매달린 눈이 맑은 아이들,
고통 없이 먹는 순한 밥상으로 작별하고 싶어
항암주사 끊어버리고
부지런히 항암 약 먹고
나약한 두 손 모아
어미 노릇해 달라
열심히 기도하고 기도하고
나의 죽음을 편안하게 해 달라
간구하고 간구하고 또 간구하고
기도할 수 있는 하나님이 있어 감사해

열심히 찬송하고 찬송하고
부지런히 기쁘고
부지런히 슬프고
부지런히 절망이고
부지런히 희망이고
간간이 울분하고 울분하고……

부지런히 부지런히

부질없이

딱! 한 가지란 말

시나브로 저물어 가는 생
앞서거니 뒤서거니
암癌 말도 못 하는 건 청춘도 마찬가지
갱지처럼 누런 생의 누런
불완전한 뒤안길
딱! 한 가지
정신만이라도 온전하다면
이라 써 놓고
온전한 정신에 사족을 못 쓰고
불로장생한다면?
안 돼! 안 돼!
귀를 틀어막는 비명이 천지에 가득가득
병들고 저물어가는 몸
말문 막히는 딱!
한 가지란 말

웰 다잉

김금희

올가을은 단풍이 유난히 곱고 아름답습니다. 지난여름은 상상치도 못하게 뜨겁고 무더웠던 날이 계속되었습니다. 쨍쨍한 하늘은 가을이 올까 싶을 정도로 맹렬한 열기를 내뿜고 있었습니다. 그런데 계절의 순환은 거슬릴 수가 없는지 비 두어 번 오고 나자 기온이 떨어지기 시작했습니다. 그리고 모든 것들이 가을을 준비하기 시작했습니다. 갈 때를 알아 가는 것들은 아름답다고 했던가요. 이 말을 가장 잘 알아듣는 것이 아마도 무성했던 나뭇잎들이 아닌가 싶습니다. 찬바람 불고 비 낱 떨어지자 곱게 물들기 시작한 잎들이 말없이 알아서 뚝뚝 잘 돌아가고 있으니 말입니다. 그리고 겨울 지나 봄이면 다시 돌아오겠지요. 아시다시피 나무 한 그루만 보아도 순환하는 생명의 아름다움을 볼 수 있습니다.

그런데 사람들은 좀 다르지요? 삶에 대한 애착이 강합

니다. 물론 당연한 일입니다만, 죽음 앞에서 더욱 그렇습니다. 그리고 죽음에 대해 생각하기 싫어합니다. 심지어 개똥밭에 굴러도 저승보다 이승이 낫다고 말들 합니다. 틀린 말도 아니고 맞는 말도 아닌 듯합니다. 물론 삶은 축복입니다. 그러나 죽음도 축복이라 여깁니다. 잘 죽을 수 있는 죽음이 그러하지 않을까 싶습니다.

삶과 죽음은 하나라고들 합니다. 그래서 잘 살아야 하는 태도가 있듯이 잘 죽는 것도 삶의 한 측면일 것입니다. 살면서 우리는 죽음에 대해 그다지 심각하게 생각하지 않고 삽니다. 내일이 변함없이 우리에게 있고, 변함없는 내일이 쌓여 먼 미래까지 염두에 두며 살고 있기 때문입니다. 저도 예외는 아니었습니다. 핑크빛 앞날 운운 할 정도는 아니었지만, 굳이 죽음을 생각하면서 살지는 않았습니다. 나이 드는 동안 몇 번의 병원 신세를 지고 수술을 받았지만, 그때도 죽음과 연결해서 생각하지는 않았습니다. 그러나 말기 암이란 진단을 받고는 달랐습니다. '암은 곧 죽음이다.' 우리에게 고착된 사고방식입니다. 저 역시 다르지 않았습니다. 더구나 진단 결과 말기 암인데 죽음을 생각하지 않으면 그것이 오히려 더 이상하겠지요. 결코 초연할 수 없었습니다. 암을 치료하기 위한 과정은 쉽지 않은 일입니다. 독한 항암제는 신체적 변화는 물론이고 장기 손상을 가져옵니다. 또한 정신적으로 피폐해져 정신과적 치료까지 받기도 합니다. 제아무리 긍정적 사고방식을 가진 사람일지라도 항암치료에 따른 고통을 감수하기에는 신체적 정신적 어떤 한계가 있습니다. 항암은 죽음과의 싸움이라 할 수 있습니다. 정신과 의사였던 엘리자베스 퀴블로스는 그의 저서 『인생 수업』에서 죽음에 직면한 일반적인 심리상태의 반응을 부정, 분노, 타협, 우울, 수용의 다섯 단계로 분류했습니다. 그리고 불치의 질병으로 죽어가는 환자에게는 정신요법적 접근이 필요하다고 했습니다. 맞습니다. 저도 이 단계를 거친 것 같습니다. 암 진단을 받았을 때 대다수 태도는 "왜 나인가?" "내가 뭘 잘못했기에 이런 병에 걸려야 하는가." 하는 부정으로부터 출발해 자기 병을 인정하기까지 심적 고통은 이루 말할 수가 없습니다. 저는 죽을 것만 같은 검사를 근 20여일 받았습니다. 검사 결과 유방암 말기, 혹은 원인불명암이 제 병명이었습니다. 암은 척추, 머리뼈, 폐, 림프 등. 제 몸 여기저기 퍼져 있어 수술이 불가능한 상태였습니다. 참으로 참담하고 정신이 없었습니다. 그런 가운데 의사의 항암 처방대로 따라가고 있는 자신을 발견하고 꼭 이 방법 밖에 없나를 비롯해, 가족들에 대한 미안함과 항암으로 인한 고통이 뒤엉켜 항암을 중단하고 싶었습니다. 더구나 완치가 불가능한 연명치료라고 했을 때 그 불확실성에 살고 싶다는 생각보다 차라리 죽고 싶다는 생각까지 들게 되었습니다.

1주일에 한 번씩 항화학요법에 따른 항암주사를 맞았습니다. 그런데 점점 힘들어져 3개월 정도 맞고 포기했습니다. 항암주사는 참으로 고통스럽고 괴롭습니다. 식사를 제대로 못 할 뿐 아니라 차츰 폭력적으로 변하기 시작했습니다. 우울증도 찾아왔습니다. 저는 저의 이런 모습을 아이들에게 보이기 싫었습니다. 어차피 완치도 안 되는 병. 죽을 때까지 항암주사를 맞아야 하는 연명치료라면 차라리 치료를 포기하고, 밥 한 끼라도 가족들과 오순도순 먹고 싶었습니다.

어느 대장암 4기 청년이 암 환자는 이 사회의 어딘가 중간에 걸린 것 같은 느낌이 든다고 해 깊은 동감을 했습니다. 무엇을 계획할 수도 없고, 무엇을 결정할 수도 없으며, 살아 있는 것도 죽어 있는 것도 아닌 대상이 되어 있습니다. 죄인 아닌 죄인이 되어 사람들과 눈도 제대로 마주칠 수 없고 심적으로 위축이 되어 어딘가 숨고만 싶어졌습니다. 병과 싸우기도 힘이 드는데 사람들과의 관계에서 오는 자괴감은 자존감마저 바닥을 치게 했습니다.

몰리는 토끼처럼 쫓기고 있는 심정은 사람들의 위로도 버거워져 거부하고 싶을 때도 더러 있었습니다. 통증이 심하면 심할수록 죽음에 대한 공포가 밀려와 불안은 극에 달하기도 합니다. 그러면 예외 없이 드는 생각은 내 죽음의 모습이 어떤 모습일까 하는 것입니다. 처참하지 않았으면 좋겠고, 고통스럽지 않았으면 좋겠고, 가족들이 힘들지 않았으면 좋겠다는 것입니다. 죽음을 생각할 때마다 마음은 무겁고 괴로워지기만 합니다. 암 환자의 삶도 삶인데 바닥을 친 자존감은 내 마음의 평안을 빼앗고 눈치 보기에 바빠 웃을 수도 없게 했을 때, 항암 약 부작용으로 폐렴이 와 입원하게 되었습니다. 꽃샘추위 한창이고 벚꽃이 꽃망울 터트리던 올봄 마음의 변화를 느꼈습니다. 이 변화는 내가 가지고 싶다고 해서 생기는 것이 아니었습니다. 분명 어떤 힘이 아니면 일어날 수 없는 일이란 생각이 들었습니다. 작년 8월 병원에 입원했을 때, 간에 전이된 암세포 때문에 항암을 할 수 없어 석 달 정도 살 수 있다는 진단을 받았던 모양입니다. 가족들은 알고 있었으나 저만 모르고 있었던 사실이었습니다. 그런데 저는 그 고비를 잘 넘기고 기적처럼 살아났다는 것입니다. 그 이야기를 아들에게서 듣고 꿈결처럼 들리는 소리가 있었습니다. '너를 웃게 해 주마.' '삶에 대해 애착을 가지라'는 것이었습니다. 처음으로 살려달란 기도를 했고, 살아야겠다는 생각을 가지게 되었습니다. 그리고 웃을 수 있었습니다. 놓았던 책을 다시 잡을 수도 있었습니다. 형용할 수 없는 그 무엇으로 가슴이 뜨거워지는 것을 느낄 수 있었습니다.

제게는 성혼하지 않은 두 아이가 있습니다. 가능한 제 아이들의 성혼을 보고 싶고 얼마를 살아낼지 모르지만,

사는 날 동안 자리 잡는 모습을 보고 싶습니다. 비록 불안한 날들의 연속이지만 사랑하는 사람들과 잘 지내고 싶고, 하고 싶은 일도 하고 싶고, 아무 일 없던 것처럼 사람들과 어울리고도 싶습니다.

죽음을 목전에 두게 되면서 세상 모든 이론이나 주의 주장이 다 그저 그렇습니다. 외람되나 별 의미가 없어 보입니다. 그러나 그런 일이 있고부터 아름답지 못했던 것이 아름답게 보이고 주어진 시간을 소중히 해야 하겠다는 생각을 가지게 되었습니다. 다행히 저는 종교를 가지고 있습니다. 모태로부터 물려받은 신앙의 힘은 절망과 희망 사이를 수없이 오가는 저의 나약함을 지탱해줍니다. 기독교 신앙은 죽으면 천국 아니면 지옥에 간다고 가르치고 있습니다. 그것을 생각하면 죽음을 오히려 기뻐할 수도 있습니다. 그러나 이 세상에 미련이 많은 저의 믿음은 그렇게 단단하지 못해 늘 흔들립니다. 하여 치료과정과 죽음에 대해 하나님께 무릎 꿇고 지내고 있습니다. 저는 수많은 분들의 기도와 염려 덕분에 하나님의 은혜로 2015년 6월 말기 암 진단을 받고 지금까지 만 3년을 살아냈습니다. 말기 암이라 해서 금방 죽는 것은 아닌 가 봅니다. 어느 한편으로 암이 찾아온 것을 감사합니다. 나의 살아온 인생과 주변을 정리할 수 있고, 사랑하는 사람들과 넉넉히 작별 인사를 나눌 수 있으며, 무엇보다 하나님께서 시시각각

지혜를 주시고 겸손을 가르쳐 주시니 아픈 것이 꼭 그리 나쁜 것만은 아닌 것 같습니다.

저는 절대자에게 저 자신의 허약함을 의뢰하고 치유의 손길을 갈구합니다. 의사들도 그러지 않나요. 마지막 사인은 신이 한다고. 대다수 암 환자들은 죽는 것을 두려워하고 있습니다. 그래서 죽어가는 순간에 위로를 필요로 합니다. 그러나 죽음보다 두려운 것은 통증입니다. 사랑하는 사람들에게 그 모습을 보이기 또한 마음이 허락하지를 않습니다. 그런 이유로 적극적 안락사를 생각해 보기도 합니다. 적극적 안락사란 아시다시피 불치병 등의 이유로 죽음을 원하는 사람이 의사의 도움을 받아 약물 등으로 목숨을 끊는 능동적 행위를 말합니다. 그러나 우리나라는 회생 가능성이 없는 환자가 자기의 결정이나 가족의 동의로 연명치료를 받지 않을 수 있는 소극적 안락사만 있습니다. 즉 호스피스 완화의료(slow medicine) 및 임종과정에 있는 환자의 연명 결정에 관한 법률이 최근에서야 합법화되었습니다. 대다수 환자들은 침대에서 무의미한 연명치료를 하며 병원에서 죽기를 싫어합니다. 하여 존엄한 죽음에 대해 논의할 때가 되었다고들 합니다. 사전의료의향서도 그런 측면에서 한 걸음 나아갔다고 할 수 있겠습니다.

건강하든 건강하지 않든, 병이 들었든 안 들었든 죽음

은 삶만큼 우리 가까이 있습니다. 그러기 때문에 어려서부터 죽음을 정면으로 바라보고 준비하는 것이 중요하다는 생각이 그 어느 때보다 절실하게 들고 있습니다.

누구나 피하지 못하는 것이 죽음입니다. 죽어 어디로 가는지, 어떻게 죽을지, 언제 죽을지 아무도 모르는 일입니다. 그래서 죽음의 순간은 가장 존엄해야 할 시간이라고 합니다. 그러나 준비하지 않으면 누추한 죽음을 맞이할 수밖에 없겠지요. 하여, 반드시 죽음 앞에서만 그럴 게아니라 평소 주변 정리를 하고 사전의료의향서 등을 준비해 두는 것이 좋을 듯합니다. 또한 죽음이 가까운 사람에게는 공격적인 치료보다 완화의료(slow medicine)로 안락함을 제공하고 익숙한 곳에서 편안하게 죽을 수 있도록도와주어야 하겠지요. 죽음을 맞이하는 사람에게 생명 연장술 대신 편안한 임종을 도와주는 호스피스의 역할이 높아지고 있는 것도 모두 이러한 까닭이라 여깁니다. 죽음은삶의 마감이 아니라 아름다운 완성이란 말이 있습니다. 저도 이제는 동감하게 되었습니다.

잘 사는 것과 잘 죽는 것이 하나라고 했으나, 잘 사는것은 무엇이고 잘 죽는 것은 무엇인지 암과 사투를 벌이고 있으면서도 잘 모르고 있었습니다. 그런데 이번에 죽음과 관련된 여러 노력을 알게 되었습니다. 즉, 죽음학(캐나다 존 모건)이니 생사학이니 하는 것들과 죽음에 관해 알리는 분들이 있다는 것 말입니다. 그러한 것들이 정처 없던 제게 많은 도움이 되었습니다. 이렇게 말은 하고 있으나 막상 죽음에 이르면 어떤 태도를 가지게 될지 잘 모르겠습니다. 그러나 막연해서 당황하고 허둥거렸을 태도에 조금은 도움이 되리라 생각합니다. 올해 5월까지 그 무엇도 정리할 수 없었던 것들이 조금은 정리가 된 듯합니다. 정말이지 견디기 힘든 통증이 오더라도 호스피스의 도움을 잘 받기를 바라며 저의 죽음이 우아하기까지는 바라지 않더라도 비참하지 않기를 간절히 바랄 뿐입니다.

아름다운 이 가을 저는 이번 시집을 내면서 떠오른 분들이 참으로 많습니다. 그분들께 이 지면을 통해 감사의 인사를 드리고 싶습니다. 그동안 저의 문학적 성장과 성과를 위해 기도해주시고, 위로와 격려, 용기를 주시며 기다려 주신 분들께 감사를 드립니다. 무엇보다 저의 투병을 위해 기도와 수고를 아끼지 않은 남편과 두 아이들 특히, 제 진로도 접어두고 지난 3년여 엄마 곁을 단 한 번도 떠나지 않고 간병한 제 아들한테 마음 깊은 미안함과 고마움을 전합니다. 그리고 아픈 자식을 보고 애통하고 기막혔을 친정어머니와 물심양면 도와준 남동생, 연산성결교회 배기술 목사님과 김승희 사모님, 두 조카들, 시댁 식구들, 시흥 사랑의 은강교회 김윤환 목사님 내외분과 얼굴도 모르는 저를 위해 기도해 주신 교우님들, 제가 다니고 있는 서인천중앙교회 조화일 목사님 내외분과 교우님들, 제주 백진주(김영욱) 목사님 내외분, 일본 시온교회 김재연 선교사님, 홋가이도 대학교 송미란 교수님, 장안대학교 신선희 교수님, 가천대학교 시인 문복희 교수님, 시인 김수복 교수님을 비롯한 단국대학교 대학원 문예창작학과 교수님들과 시인이신 이지엽, 맹문재, 이승하, 이은봉 교수님, 김재진, 조정, 정영주 선생님, 그리고 문우들, 동기들, 동창들, 페친들 수많은 분들의 기도를 기억하고 감사를 드립니다. 초기 항암을 거부하고 요양원으로 가고 싶다고 했을 때, 생명을 포기하지 말라 당부하던 시동생 이용석 교수(여의도성모병원), 초기 저를 진단하고 치료해준 서울대학교병원 이경훈, 박영주 교수님, 최근 진료하고 있는 여의도성모병원 우인숙, 양지현, 최창룡 교수님, 신선한 채소와 먹을거리를 제공해준 강화 정창길 님 내외분과 김영규 님 내외분, 미국을 오갈 때마다 안부를 묻고 살아있어 주어 고맙다는 전 LA 한인회장이셨던 남문기 회장님 등의 수고와 사랑을 진심으로 감사드립니다. 이외도 한 생명을 놓고 이루 말할 수 없는 분들이 염려와 기도를 아끼지 않았습니다. 일일이 호명하지 않았으나 깊이 감사를 드립니다. 무엇보다 제게 기적을 허락하시고 생명을 연장해 주신 나의 하나님께 영광과 찬송과 감사와 경배를 깊이깊이 올립니다. 끝으로 이번 시집 출간을 도와주신

128

시산맥 발행인이신 시인 문정영 선생님께 감사의 인사를
드립니다.

  모두모두 아름다운 나날이 되시기 바라며 건강하시기
를 기도합니다.

  2018년 늦가을, 양소헌에서